KB148715

# 빛에 겨운 그림자

송원영

# 빛에 겨운 그림자

송원영

# 시인의 말

어느 날 거울 앞에 섰습니다.

날밤을 꼬박 새운 서리가 하얗게 얹혀있더군요.
자신에게 미안하여 아랫목에 글밭을 일구고 꽃을 가꾸어
보았습니다.
평생 돌보지 않아 울고 있는 꽃자리를 어르다가 어느새
글꽃을 피우고 말았습니다.

성급한 마음에 봄은 아직 멀었는데 꽃망울이 터져버렸지요.

내 곁을 스쳐간 기쁨과 슬픔, 그리움과 아픔 그리고 못다
한 사랑, 그들에게 사랑의 빚을 갚으려 노 없는 세월의 종이
배에 올랐습니다.

가진 것을 하나씩 깨뜨려 봅니다.

버릴 것도 비울 것도 없는 하찮은 몸이기에 잘 깨지고 부
서지는 것인지 모릅니다.

혹여 누군가 지나던 걸음을 글귀 앞에 멈추신다면 감히
저의 생각을 드리고 싶습니다.

# 빛에 겨운 그림자

빛에 겨워
노안에
눈가리개를 하고
눈 감아도

깃처럼
너울대는
꽃잎이 보인다
사랑이다

이마저
언젠가는
벗어야 할
그림자

다시 감으니
땅이 꿈틀거린다
한 걱정에
발을 떼지 못한다.

# 차 례

# 차 례

| 여로

# 그리움 한 조각

해 기우는 다저녁
몸 속 어딘가에
그리움 한 조각이
둥둥 떠 다녀도
버리지는 말아야지

세월이 흘러
빛바랜 기억마저
내게서 사라지면
패인 상처에
슬픔이 깊어질 터

보이다 말다 하는
숨은 별처럼 나타나
더러는 잠 못 들게
어깨 흔들어 깨워도
스스로 외로워질 때

다가가 위로받고
때로는 기대어

시가 되는 한순간을
위하여.

# 손금을 펴 보며

거친 손등 아래
마디마디마다
숨 가삐 살아 온
수많은 역사를 그리며

반가움에 잡았던
이별에 멀어져 간
눈물을 훔치다가도
희망을 끄집어 낸 손

옅은 온기를
아직도 펴지 못하고
꼭 쥔 손의 마음에
그리움이 그리도 큰지.

# 해

아침 해
머리에 이고
희맑은
산에 살자

밤 속에
어둠 가두고
눈멀도록
해를 떠보자

지는 해
멀미나도록
아득한
강가로 가자.

# 뒤안길

강 에돌아
산을 감돌아
구름에 갇히고
어둠에 묻힌
아득한 길

그러나
총총한 밤
별 이슬에 젖어
꽃잎으로 웃기도

멀뚱히
길을 잃어도
스침마다
감동이었네

천리 길인가
돌아보니
저만치인데
오며가며
흙장난이나 할 것을.

# 부러움

비울 것 없는 몸에
옷만 걸치고 웃는
허수아비


홀씨를 털어내고
꽃대마저 감춘
민들레


해맑은 웃음 주고
홀연 사라지는
눈사람


바람 따라 흐르다
제 몸 뿌리는
구름.

# 포도를 그리며

풋잠 들던 날
겨울비 듣는 소리에
창밖을 보니
어정거리는 고향

반가이 마중하며
울컥 붓 들고
비탈진 밭에 올라
가슴앓이 하니

촉촉한 눈가에
다래다래 포도알이
여름날 먹구름처럼
우르르 달려와

까만 동공에
구슬처럼 박히고
달보드레한 와인 향기가
화폭에 배인다.

# 여수

귀 소문에
바람 따라
꿈길 따라
걸음이 더할수록

멀어지는 미소도
웃음소리도
한 봇짐 가득
그리운 수심 되어

든 정 만큼
헤어질 아쉬움에
눈 아래 호수조차
파랗게 물드는가

가는 길 멀거든
널마루에 앉아
대폿잔 사발에
시름이나 띄워 볼 것을.

# 여로

길을 간다
앞장 선 길이 간다
멀어진 길
등에 메고
길 따라 나선다

물 건너
산 넘이 하는
구름에 실려
넋을 잃고
호젓이 흐른다

그림자 되어
눈길을 훑는다
낯익은 얼굴이
강심에 떠가며
손짓한다.

# 빈손

만지고
저지르고
헤쳐가며
삶을 그린다

걸음질은
발이 하는데
저도 춤을 춘다
허공을 걷는다

할 짓 다한 놈
쥔 것 있나 싶어
문득 펴보니
여전히 빈 손

눈길조차 외면한
주름결 따라
남아 흐르는 온기
너에게 건넨다.

# 거울

아침이면
쏟아지는 빛이
와락 달려 와
옷을 입히고

헛갈린
실상과 허상이
여행을 떠나는
가상의 공간

한참 보면
또렷한 나이테와
남은 여정을 엿보는
정든 역

먼동을 마주하고
걸머진 황혼을 내리며
분신을 맞는
플랫폼.

# 강가에서

오는 강물
거스르던 눈이
둥둥
떠내려간다

어디만치
또 다른 계절을
드리우며
달려오고 있을까

강변에 앉은
돌멩이는
그저 흘려가려니
아예 눈을 감는구나

아스라한
강마을
소 모는 아이가
나올 듯도 한데.

# 빈 그릇

살을 에는
비움과 버림은
순한 자리가
남는다

투박하여도
사랑의 미소와
빛의 눈물이
고이면

썰썰한 공간에
고즈넉한 숨결로
넉넉한 시간을
담는다.

# 봄비

문풍지에
매달린 세월이
늘어지게
울고 가더니

바람에
새떼처럼
훌짝 내린 단비에
얄미움이 남았다

뒷짐 지고
헛기침 하는
주제에
시울이 젖는다

이렇게
헛헛한 날엔
막걸리 파전에
술국이 생각나고.

# 비낀 날들

춤추다
지친 꽃이
눈 감을 새
떠나고

소소하던
지난날들이
두 눈에
지려 오면

아르르한
슬픔 이겨
온몸 젖도록
치대볼까

가슴놀이에
맥박이
우레처럼
소리치는데.

# 눈시울

눈가에 스치듯
오가는 계절이
기차처럼 달려도
늘 메마른
눈썹 언저리
이슬에 되쏘인
실낱 빛이
봉창문 타고
한지를 가르면
살짝 젖는다

망막에 들인 빛은
켜켜로 쌓여
하얗게 바랜
심장을 어르어
만지작거린다.

# 매화가 피던 날

갓 피운 꽃이
나직이
눈 걸음을
재촉키로


들여다보니
가녀린
꽃술들의
속웃음짓에


꽃그늘에
울다가
눈 먼 아이
생침을 삼키고


엷은 봄에
그슬리다가
한 순간 쏘임에
하늘을 본다.

# 사랑 구걸

품에서 선잠 깬
아기처럼 칭얼거리며
행복을 곁에 두고
목다심하다가

네온 길 골목에서
해거름 탓하며
우수의 밑바닥에
펄썩 앉아 버렸네

지친 발길에
해장국 한사발이면
푸르게 숲지며
청포도는 익어가는데

부끄럼 모르는
무감동한 눈자위와
주름손은 동냥자루에
또 무엇을 담으려나.

# 꽃자국

햇살이 부서진
일곱 색깔 가운데
녹색만 남기고
사라진 숲 그늘

이야깃거리로
피어나던 술단지처럼
가슴이 울컥
벅차오르고

생풀 냄새에
헐근거리는 숨결은
바람에 실려 오는
꽃떨기의 애원

엄살궂은 비명에 보니
철 지난 꽃 그림자가
녹음에 부침하며
항해하고 있었다.

# 남도 길에서

꿈길에 흐르던
영산강을
언뜻 지나치다가
얼굴 내미는 주모처럼
월출산이 웃는데

낯선 길에
기어온 땅 걸음짓
달달한 앉은뱅이
한 사발에
발목 잡힌 몸

하룻밤만
묵어가려다가
놓친 세월이라도
이곳이라면
원망치 않겠네.

# 날 저문 고사포

썰물이
비운 자리는
먼동 없이
해 지는
황혼의 설움에

하얗게 엉킨
물모래 쓸어가는
밤바다가
바위를 치며
통곡하여도

이것이
아버지였다고
갯바람은 전한다
삶에 신음하던
노래였다고.

# 생명의 종이배

발가숭이
개구리헤엄에
물비린내 나던
개울가

달을 향해
내닫던
달뿌리풀
그늘 가에

닿을 듯 말 듯
굽도는 종이배가
바닥이 보이는
맑은 물살에

젖을 듯 말 듯
아이들의
풋내 나는 꿈을
실어 나른다.

# 여행길

가벼이
마음만 실어 나른다면
조금 날다가 사뿐 내려앉는
종이비행기라도 좋아

돌돌
소리 나는 개울 따라
잠깐 흐르는 듯 꿈에 젖는
종이배라도 좋아

훨훨
하늘 높이 날다가
실 끊어지면 멀어지는
연이라도 좋아

아이가 놀던
흙 묻은 장난감차라면
길이 보이지 않아도
나는 좋아.

II 고향

# 소쩍새의 사연

서녘이 노을에
잠길 때까지
농투성이의
거스러미 손에
하루를 해작이면

패인 상처로
먹먹한 밤하늘
숱한 별들이
넘노는 강물에
내려 흐르고

반쯤 허문 흙담장에
쏟아져 오는
핏빛 선연한
소쩍새의 하소연을
가슴에 담는다.

# 대청호의 밤

마루에 달이
동그맣게 앉아
얼비추는
바람에

굼실이는
물이랑이 다가와
눈썹의 그림자를
어르면

그물어지는
슬픈 잔영은
결 고운 님의
뒷모습

시선은 강심의
웃음소리 따라
갈대처럼
스적거리고.

# 잣듸 *

여기는
한적한 쉼자리
눈이 시린다

물 건너
고즈넉한 능선이
널 안는다

문 열린 집에
지팡이를
기대면

주름진 눈웃음에
한잔 상이
나온다.

---

*잣듸 : 동네 이름

# 삼한리 고갯길

어느 봄날
누이와
나물 캐러
나선 길

꼬까옷 사러 가신
아버지 오시나
신작로에
눈길 얹어도

이따금씩 먼발치에
뽀얀 먼지 일며
버스 지나도록
아니 오시어

갓 돋아난 냉이
듬쑥 쥐어
소쿠리에 담아 오던
삼한리 고개.

# 텃골 마루길

한낮보다 뜨거운
용광로 열기로
짓달려가며 낙조 안고
온 길

길잡이 없는 삶에
고뇌 걸치고
몸피 두둑히 칠갑한들
소풍길

그저 이른 새벽
깃밝이에 나서
먼 길에 다리 풀려도
구만리 언덕 위에

구부리면 닿을 듯
내다뵈는 마을이
혼곤히 앉아있는
되밟아 보고픈 길.

# 진잠 뒷골목

여기에도
하늘길이 있다
낡은 건물이
서로 기대어
사다리처럼
선 골목에

공간을 가른
가는 전선이
나눔을 거듭하여
이리저리
흔들려가며
파란 꿈 조각을 던진다

사람내 나는
솜사탕 거리는
텃밭 가꾸듯
걸음 밑천 건지려는
순한 사람들의
노래방이다.

# 귓가에 잠든 소리

수탉 홰치는 소리
터지는 아기 울음
노는 아이들 소리
책장 넘기는 소리
낙엽 구르던 소리
밤을 달리는 기적 소리
땅이 귀 여는 발걸음
소 몰고 논밭 갈던 소리
버들피리 풀피리 소리

설된 넋의 거친 호흡
눈뜬 아이의 투정
꼬리 없는 술 밑 대화
버얼건 황혼의 통곡
땅 꺼지는 한숨
떠나는 자의 숨결
고개 숙인 실연의 비명
아버지의 매타작
나지막히 우는 뱃고동

봄눈에 땅 트임
추녀에 봄비 소리
개울가 돌물 소리
흔들리는 숲의 노래
별빛이 걷는 소리
옷 벗고 허물 벗는
무구한 소리가
눈꺼풀 들썩이며
새처럼 날아온다.

# 흙강아지

너그러이
드러누운 땅에
서분서분
구름 같은 손발로
다독거리면

널바위 같은
애비 품에
얼싸절싸 안긴
아픈 핏줄과
꺼진 심장은 뛰고

흙 먹은
땅강아지마냥 노닐던
허문 가슴은
해거름 녘이 되어야
담담히 아문다.

# 밭뙈기 연가

새콤한 풍경을
질박한 손으로
봄갈이 하며
뚝배기 삶을
그립니다

눈멀고 귀먼
농군은
일중독 꽃중독되어
심드렁

몸빼 바지에
묻어 온 꽃씨가
빵시레 웃는
하루를 보내며

맛깔 나는 주연으로
이랑 짓고
고랑 치어
애만집니다.

# 고향은 지금

저녁놀에
산이 물러나면
교교한 달빛 아래
아득한 엄니 손맛이
배어 있는 곳

발그레한
명주 빛 아침
나직한 구름장 아래
안개가 그린 마을마다
흐르는 정미에

꽃만 피어도
이맘때면
꽃 눈물 훔치며
빈 둥지에
다가도 봅니다.

# 20세기의 어머니

비 가림 초막의
가마솥 곁에서
오도카니 김 올리던
미소 패인 얼굴

어둠이 깃들어야
허리 눕히는
휘진 몸에 간직한
깊은 정

저녁연기에
소매를 훔치던
이유 모를 눈물은
이슬이었나

계절의 뒷모습처럼
가는 세월 꼽으며
엎혀 앉은 장독 허리에
치마폭이 일렁인다.

# 울 담 없는 삶

줄타기 하던
토담 길 메꽃이
눈가에 하늘대는
저녁이 오면

아내 미소와
밥 짓는 연기에
하루를 접고
굽은 허리 편다

달고 다니던
고생주머니
걱정꾸러미를
한 짐 내리고

춤추던 호접이
넘나들도록
울 그늘 없이
열어 놓고서.

# 지렁이

아이가
두꺼비 집 짓는
흙 좋고 인심 좋고
사랑 머금은
땅속에

지렁이가
밭 갈아
파먹고 사는
농군의 땀을 먹으며
묻혀 산다

포근한
보드라움 안고
내뿌리는 비와 이슬로
구긴 몸 적시며
비비적댄다.

# 아우

형 동생
서로 입에 달고
꽤나 부르고 싶은
사이다

수십 년을 두고
담아 온 세월에도
감성을 밝히는
북받치는 이름

안 보면
왠지 안쓰러워
달력을 보는
보고픈 이름이다

만나면
군말 없이도
두터운 속웃음에
사랑 짓는 사이다.

# 감 따던 날에

된서리 맞을까
바빠진 손
눈요기로 보던
흔전만전한 감을
기다마한 장대로
따 내려서
돌려 깎아
곶감을 켜고

남은 감은
소금물에 우려
뚝뚝감도 만들고
한겨울 얼리어
홍시로 할까
이감저감 먹다가
얼굴 빨개진다고
손녀딸을 놀렸네.

# 가을 텃밭의 단상

어린아이가
색종이 붙인 듯
예쁜 가을이
숲에서
손 내미는데

뼈마디에
지친 가죽만
겨우 얹은
땅에 붙어사는
노인 옆으로

해바라기가
태양에
제 몸 한껏 바쳐
그을린 미소로
뒤돌아

딴전 피우며
못 본 척 하는구나.

# 참새

함씬 젖은
이슬이 마르면
배가 툭진 참새들
논과 밭의
주인이 되어

이 가을
얼마간은
제 세상인 듯
해껏 쪼아가며
이랑을 넘나드는

텃밭의 수다와
예쁜 앉음새 보며
공연히
슬퍼지는
한낮을 달랜다.

# 서리 된서리

간밤에
서리 오더니
낼은
된서리라 하여
손에 익은
밭걷이 하던 날

고춧잎에
호박순 따고
콩 베어 널고 나니
화선지에
연묵 번지듯
어둠이 내린다

농군은
또박 볼품없는
삶에 기대어
허전함을 타는
덜 된 머슴이
어울리나 보다.

# 아버지 그림자

뒷짐을 지고
어정어정
그분을 따라가며
생각에 잠긴다

이렇게 걸으며
무슨 생각 하셨을까
산 같은 걱정에
허리나 펴고 가셨는지

생각의 잔해가
끝없이 이어진
어스레한 둑방길로
발길을 옮기며

길에서 헤어진
자상하시던
따뜻한 가슴을
만져본다.

# 손주 사랑

다락 같이
귀 녹이던 울보
첫 걸음은
웃음

새물거리며
텅 비어 거친
가슴에
흩뿌린 소리

모로 눕다
가로 누워
가만히 눈 감으면
천장이 열리고

밤새 내리는
수많은 별 중에
그리움 솎아
품에 넣는다.

Ⅲ 눈길

# 무논 개구리

노을이 비낀
여남은 다랑이
어스레한 무논에
짝짜그르

논배미 마다
별 쏟는 소리
소나기 소리에
이끌린 귀걸음

소녀의 손짓을
애타게 기다리는
마법에 걸린
개구리로 밤새 울어

벌겋게 튀어나온
두 눈을 씀벅거리며
바르작거리다가
여명을 맞는다.

# 앓는 숲

오는 소식
맞아
가을 타는
소녀처럼

고독은
비를 타고
숲에 내려
살점을 뗀다

흔들리는
나무들이
하늘 가
숲에 모여

단장을
하더니만
마을까지
덮는다.

# 차돌

구름 벗은
산허리에
흰 저고리 입고
수정 닮아
뽀얀 살결의
돌멩이

해에 반걸음
달에 반걸음
넓두리 포개어
한걸음
발자국 없는
그림자로

눈 없이
귀 없이
지난 세월에
아슴아슴한 봉오리
터질 때마다
응어리 진 몸.

# 몽당연필

날 잡은
아이의 손은
까무잡잡하였지

비뚤어도 예쁜
글씨를 쓰다가
가끔은 부서져 가며
몸이 줄었네

하루 또 하루
일기장을 넘기며
닳고 깎이어
작아진 몸

사랑 받던
한때는
몽당이라고
놀렸지.

# 나비

친친한 구름에
슬픔이 배어나는
흐릿한 날이면
나비를 그린다

구성진 엿장수
노랫소리와
쩔렁대는 가위춤에
몰리던 아이처럼
날아드는

묵은 닭 알 품듯
방구석에 앉아
창밖의 하늘을 보며
영혼 찾아 춤추는
나비를 부른다.

# 수양매

아궁이 단불에
손 녹이다가
문짝에 둥당대는
장구소리에
마당에 나서니

꽃을 보채는
바람손님이
휘늘어진
머리채 잡고
다그치누나

당실 춤 접고
비 내림에
한 이틀
묵어가시면
실실이 꽃가지
보여 줄 것을.

# 국화에 흘기워

기다림에
미워할 뻔했던
국화 무리를
눈썹 밑에 안고

머리끝까지
차오르는 감성에
긁힌 마음은
눈 비울 줄 모르고

향기에 젖은
오척단신
물신선조차
기쁨이 엉기어

빨갛게 울다 물든
고추잠자리로
하늘마당을
오르내렸네.

# 가을 포도

날이 가고
서산마루 노을이
계절을 넘기면

거친 줄기는
여린 손을
감싸 안고

알게
모르게
늙어만 가는데

손때 없는
갈 포도알은
누굴 기다려야 하나.

# 목련

이별의 슬픔은 미처
산허리에 자고

땅이 눈 뜨기 전에
온온한 쥐불 솜으면

봄을 잡으려는
하얀 목련이

어둠을 날아와
미간을 다린다.

# 꽃바라기

퍽 터지는
물풍선 울음에
눈 비비고
바라보니

접때
애티 나던
봉오리가
화들짝 놀래킨다

귓바퀴로
갑작스런 웃음이
뻥 뚫리며
들려온다

던져진
꽃 웃음소리가
시큰한 눈물로
유혹한다.

# 다릿돌

한 평생
앞만 보며
돌아갈 줄 모르는
고단한 길에

개울 만나
망설이시면
엎드린 징검돌
되어 드릴까요

모난 자리 묻고
목까지 잠기어도
엇 딛지 않게
나란한 디딤돌

오실 날
손꼽아 가시도록
여울목에 앉아
기다릴께요.

# 상사병

구름이
해 달 그리워
밤낮으로
맴돌다

홀로 핀
상사화 곁에
가여운
눈물 쏟네

끝가지
한 몸에 매달려도
머나먼 님
잡지 못하여

철새처럼
기웃기웃
바람에
울고 있네.

# 푸른 낮달

따듯한 찻잔을
손에 들어
살 속에 전하며
청바지에 스웨터 입고
멋 따기로 마당 거닐며
하늘을 훔쳤더니

계절 사이를
오가는 조각배가
반쯤 찬 낮달 되어
밭틀길 달리다
어둠에 놓고 온
제 그림자 찾는다

하늘에 투영된
텅 빈 들에 떠다니며
헛걸음질에 우는
찬바람 소리를
귀에 넣고 헤쳐 가며
겨울을 듣는다.

# 허아비 인생

잦바듬히
모자 비껴
주린 배
동여매고

숯덩이
눈망울을
뒤룩거리는
순사처럼

백주대낮도
어둔 밤에도
두 팔 벌려
가슴 열다가

스치는 세월에
찢어진 가슴
아물지 않아도
언제까지나.

# 눈사람

펑펑 내리는 눈이
지나 온 발자국을
묻어 버린 날
태어난 하얀 이름

닦아도 코 묻은
작은 아이가
세상을 구르다
부푼 몸집에

어엿이 컸다고
숯눈을 뜬 순간
홀로 된 자신을 느끼며
눈물 흘린다

순백의 마음으로
지순한 사랑 그리다가
그리움 못 이겨
제풀에 녹는다.

# 물억새의 결

가는 몸이
흔들리는 것은
바람 탓인가
춤인가
어쩌면
꺾이지 않으려는
몸부림일지도

하얗게
참빗 빗어내린
찰진 머릿결은
가을에 물들지도
시들지도 않고
오히려
꽃을 피우려

억센 척
길을 나선다.

# 찔레꽃

송화 걷힌
길가에 앉아
단내 나는
입술 태우며

묻은 언약이
마른 땅에
스미도록
짙은 향기

밤낮으로
속살거리던
조무래기들의
이야기는

꽃그늘
드리운 가슴에
아직도 나지막히
할딱대는데.

# 영산홍 사랑

수줍어
빨개졌다고
숨 가쁜 첫사랑은
영 못 잊어
눈썹 치켜
손사래 하면서

풋풋한 기억이
애틋하게
떠오를 때면
아직도 가슴은
두방망이질 하네

보는 이도
눈시림에 빠져
미어지도록
묻어 둔 사랑
꽃잎 지는 결에
저만치 놓아 줄 것을.

# 촛불

한 가닥 심지에
제 몸 녹이며
흔들림에
그렁한 모습

무릎걸음으로
나아가
눈마중 하면
예쁘고 정겹고

조금만 사랑하면
슬픈 그림자
홀로 삭이며
밤새 머리맡에서

그 옛날 꿈속까지
다소곳
얼비추는
숨 멎도록 고운 자태.

# 춘란

순 먹으로
목가적 선 타고
오르다가

옷고름 가락
결결이
늘어진 멋

아픈 넋을
고아하게
피운 한송이는

꿈에 뵈온
어머니의
손가락이려니.

IV 그리움

# 고독한 이유

벽을 타고 흘러
베개마저 젖는
겨울비 오던 밤

둘러친 어둠에
더하여 안개까지
눈 가릴 바엔

가로등도
두 눈도
뜰 필요 없는데

낙숫물 소리에
창밖을 내다보는
까닭은 왜일까.

# 잠 못 이루어

별 그림자를
흔드는 바람이
살랑대는
다감한 밤이면

꼬리 잡힌 생각이
갈피갈피 돋는
창가에 기대어
피 묻은 속살 한 점을
제물로 바치고

골방에 갇힌
가슴을 바스대어
덧든 잠의 영역을
뒤척인다

여명이 데려온
새벽의 미소가
잠뿍 실리면

잠 못든 넋은
손을 든다.

# 물 동그라미

동그라미
그리고 지우면
다시 그리는
물 동그라미

누구의 그림일까
속마음일까
숨죽이고
바라보았네

어디선가 들리는
아이들 노랫소리
귀 대어보니
바람소리 뿐

마주한 물거울에
비치는 것은
꽃처럼 피어나는
당신의 얼굴.

# 여름 아이

풍금이 울리던
작은 하늘이었지
어린 가슴에
동화를 안고

둠벙에
찰방거리며
논병아리 놀 듯
흙강아지 되어

물놀이에 반나절
꽃입술 수다에
한나절 시름하던

미루나무 아래
아득한 날의
설된 그림자가
어정거린다.

# 바람의 흔적

그리운 이들의 흔적은
어디에 있을까
아직도 미소는 남아
되새김 하건만

실려 간 뒷모습이
보일 때만 하여도
그만하였건만
귓속말도 없는 적막이
이처럼 아플 줄이야

땅에 떨어진 이름
숙인 얼굴들이
사뭇 웅크리고 있는데
각본대로 모른 체
한눈팔며 가야한다.

# 보고픈 미소

소맷자락 너머로
속마음 모르게
슬픔을 가리우고
긴 어둠을 밝히던

알게 모르게
웃음소리 없이도
잔잔한 입술과
입꼬리로 화답하던

좋으면 좋은 대로
싫으면 싫은 대로
달빛처럼 처연하게
대답대신 눈웃음

실눈에 사랑 짓는
바람에 꽃잎처럼
흔들리듯 멀어져 간
애잔한 미소.

# 산사의 눈

산사 도량
노승의 염불에
한 치씩
쌓이는 눈

하늘이
알아
내리는
눈손님

설마
치우실리야
풍경 소리
쩔렁대는데

발 붙은
나그네도
속세와
멀어가네.

# 행복

귓전에 들리는
실개울의
돌물 소리에
사뿐히 걸음 하는
소녀의
조개볼 미소

마냥 웃는
해바라기처럼
빼곡한 사람들
빛을 등진 골목에서도
하늘을 보는
여유

부푼 풍선처럼
호주머니는 비어도
미안풀이 할 일 없으면
날삯에 품앗이로
차비하여도
소풍길.

# 풀씨의 노래

하루 또 하루
나름의 꽃을 피우고
풀벌레 대신하여
나지막히 소리쳐
노래하였든
뉘라서 들었을까

껍데기에
겨울을 걸치며
홀씨만 남은
하얀 그리움을
뉘라서 알까

가난하여
너무도 볼품없는
모정의 행색
눈 걸음도 없는데
차마 뉘라서
부비어 줄는지.

# 겨울날의 그리움

허공에
달마저 떠는
삭풍이
손끝을 에이면

한데 일 거두고
추위와 한솥밥 먹으며
손주 손 잡아
호호 불어주리

덧문 닫고
옛이야기 들려주면
간지런 웃음이
녹아나겠지

툭툭 군밤 튀는
그을린 아궁이와
할머니 미소어린
화롯불이 생각 나.

# 거짓부렁

자그마한
제 모습 감추려
숲속에 들어
삶의 등 뒤로 숨고
가림새 삼아
속치부하여도

숨기 전에
하늘 먼발치의
빛이 보았고
부는 바람에
구름 지나듯
흐르는 세월이

홀라당 까먹은
알몸 보았으니
어둠에도 비치는
님의 숨결을
가난한 가슴에
에우지 말 것을.

# 오해하지 마세요

창문에 얼씬거리는
달그림자에
누군가의 손가락이
마음을 더듬는 줄
알았다면
그건 오해였지요

가을날 단풍이
제아무리 곱기로
곧 낙엽이 될 터
겉만 예쁜 색으로
아무려면 당신을
유혹할리야

꽃 보고 숲을 보고
그늘진다 마시고
어두운 밤에도
빛은 숨어 있으니
이런 인정에
저런 사정 두소서.

# 강가의 시선

물웅덩이에 든
산의 그림자가
물고기의
숨으로 빚은
동그라미에
일렁이는 순간

수초처럼
흔들리기 시작한
산 그림자는
물에 빠져들어
너울에 녹아
숨고

흐름이 멈추어야
빈자리를 메운다
애타던 시선도
미련 없이
한 잎 낙엽처럼
띄워 보낸다.

# 실루엣

무성할수록
짙어가는 제 그늘
애써 지우려
벗고 또 벗어도
투명할 리 없는
아픈 가지는
끝내 그림자 던지며
제풀에 웃고
한 몸이 되듯

술래로 태어난
첫째 아이는
그림자밟기를 하는
노예였지만
삶에 드리운
두 번째 아이는
빛에 겨워
빛을 그리는
실루엣이었다.

# 자화상

몽당연필이
지나는 순간
수다꽃이 피더니
사랑에 벌떡거렸지

그림에 갇혀
누워 있어도
낮과 밤은
마음을 읽혀주고

실체 없는
허상이라도
사계절에 주름진
빛과 그늘의 그림으로

단 한번의
미소 진 스케치에
약속된 삶을
그럭저럭 살았소.

# 애연한 밤거리

저마다 짊어진
한낮을 베어내고
고달픈 젊음이
쉼터 찾는
소란한 거리

하나 둘씩
삶의 무게를 느끼며
떠나가면
수은등의 눈 맞춤에
낙엽은 춤추고

어둠의 틈새
둘러보면
어딘가 뵐 듯 말 듯
들릴 듯한
소리와 정경은

번데기 장수
엿가위질 소리에

찹쌀떡을 외치며
귓가에서 멀어지던
구성진 목소리.

# 민들레 꽃대

분지르면
하얀 수액이
친친하게 묻어나는
여린 꽃대는

야틈한 돌담 새
피어난 꿈을
동그마니 그려
손바닥에 올려

기다리던
바람을 되받는
순간의 흔들림에
생명의 홀씨를

띄워 보내고
종일 헛헛한
이별의 아픔에
주저앉는다.

# 먹포도를 그리며

머언 옛날
샛길을 달려가면
곁눈질에도 떨어져
알알이 쫓아와
너른 잎 그늘에
가려진

아이의 눈은
나날이 드레드레
익어가는 먹포도를
닮아가면서
거친 세파에도
동심으로 반짝거렸다

송아리마다
시간의 그림자까지
걸머진 모습으로
앞에 선 오늘
유난히도 아스라한
옛날을 그린다.

# 그날의 편지

그리움에
애절함에
쓰락 지우락 오가던
글씨가 일어나
시가 되고
음악이 되고

편지함에
날아든 사연에
울고 웃던
그날은
봉투를 여는
설렘이 있었다

부치고
기다리던
답이 오면은
자자이 묻어난
첫소리는
별이 되었다.

# 그날

조각구름 그림자
따라 잡기로
선머슴 내달리듯
가로지르던

산 아래
바짝 엎드린
집집마다
아이들의
함성은

장승배기 지나
놀다 지쳐
허기진 걸음에
돌아오는
마을 끝까지

어린 땀내와
웃음소리를

등잔 심지에
태우며
깊어가던.

V 마디

# 봄 동냥

구걸하는
남루한 넋이
너럭바위에
모로 터져
뉘이면

백수의
헐렁한 주머니
세월이 던진
봄 줍기도
쉬워라

꽃향기에
숨조차
가누지 못하여
조막가슴은
노그라지네.

# 춘분날에

막아도 들리는
앓는 소리
피어나기 위한
몸부림은
마땅한 산고

덧문 살에
걸린 녀석이
옷자락을 짜긋이
잡아당기며
뒷손질로 부르매

봉한 입술 열고
하롱대는 낯을
숨죽이고 보다가
새살거림에 그만
바람 들고 말았네.

# 3월의

종이에
물감을 털면
꽃 천지가
열린다

신문에
물을 뿌리면
개구리가
새근발딱 나온다

달력에
눈을 맞추면
이끼 뿜는
봄비가 내린다

하늘에
등살을 펴면
타래진 꽃불이
그늘을 밝힌다.

# 주르륵 봄

왼종일 비가
자욱이
내리꽂더니
반쪽 하늘을 여는데

누구일까
허공에 매달려
두 눈에 그뜩한
그리움은

너그러운
언덕배기에
젖은 풀 쓰다듬어
누워도 본다

쌔근대는
실바람이
볼때기에 앉아
할딱거린다.

# 봄 가뭄

소소리 바람에
온몸이 휘감겨
타래 치듯
하늘로 솟구쳐

눈 멀고 먹보 된
봄의 포로는
뛰는 심장에
어깨춤을 춘다

벌떡거리며
쏟는 하늘에
쉰 목소리로
갈증을 토하건만

꽃 가뭄은
이내 허기진 몸에
단내를 채우고
땅에 눕는다.

# 장마 속으로

먹물 튀긴
숲 그림자가
굵은 능선 아래
허리춤 추더니

줄지어 다가 온
머리맡 비구름이
주름골마다
훑어 내린다

그늘진 옹이와
한나절 시름하던
삭정이에도
젊음을 철철 흘리며

말발굽에
흙먼지 일도록
열기를 식혀가며
맨땅에 달려온다.

# 여름을 노래하며

칠월의 태양이
산그늘 약수
몇 구기 마시고
잘파닥이
땅바닥에 앉아

손아귀에 쥔
한낮 더위를
내려놓고는
쉬어감세 하며
그늘을 지우네

동냥하여 거둔
애초롬한 맛을
부풀려 만든
증편을 얹어놓고
성화한다.

# 어느 늦장마 날에

지척이던 날
솔아빠진
방구석에서
해발쪽 웃는다

여름 하루
어수선한
바쁜 모퉁이를
넉살좋게 보내고

각본과 대본대로
벙긋대다가
땅만 보며
푸념 하여도

허출해지면
장똘뱅이
복닥거리던
장터가 생각나고.

# 처서 날 저녁에

하늘 그립도록
쏟아 붓던 여름도
어느덧 한순간
귀퉁이 초록진
땅 이끼로 남고

낮과 밤에 침식된
뼈마디에 숨어
흔들리는 속내가
바람 든 무처럼
문간을 기웃거린다

여치가 물고 온
내일의 엽서에
누님의 정미가
채곡이 담겨있다.

# 팔월을 보내며

너럭바위 곁에서
선잠결에 본
내일의 무지개는
애연한 꿈이었나

뭉근한 가슴은
매미 울음으로
여름에
매어달려도

무심코 뜨는
달력 한 장에
곧 물러나
한줌 재가 되고

문설주 잡은
다른 한손은
낯선 손을
기다리고 있네.

# 귀뚜라미 소리

날개 비비는
투명한 소리가
달빛을 걷는 바람에
갈잎피리로
환청 되어

트집잡힌
상처투성이를 지나
실핏줄까지
비우며 돌고 돌아
공명하는 전율에

너도 나도 서고
하얀 달도
허공에 머물러
그리움을
듣는다.

# 또 구월은 가고

노름한
정든 구월이
문간에 서성인다

철새가 묻혀오는
시월의 물색이
빨갛게 퍼득인다

뜨락에 떨어질
사색 한 잎을
위하여

마당비 들어
곱게 쓸고
벼처럼 숙인다.

# 색의 분해

어지럽다
뒷산 너머 걸친
단풍에 쫓기다
숨은 눈은
가을에 잡혔다

색 멀미 하던
머릿속은
빛이 분해되어
유리같이
투명해지고

작가의 혼을
맞이할 공간은
모두 비워
무채색으로
남긴다.

# 겨울 건널목

마당귀에
아무려니
설핏하던 해가
훌쩍 기울면

쌓인 낙엽이
나뒹구는 소리가
살점을 헤집어
파고드는데

그늘이 비키면
열리는 달길에
깨금발 딛고 흔드는
강아지풀을 보며

오도카니 선
저만치 겨울이
나무빗장을
열고 있었다.

# 거미줄에 걸린 은행잎

세절기의 마디를
토막 내고 가다가
찢긴 옷자락이
모퉁이에 걸려
줄타기 하고 있다

마지막 멋을
그냥 보내기엔
너무 섭섭하여
입동에 거미줄 걸어
물든 눈을 달래며

칭칭 감아두고
몇 날 더 보려니
잔인한 바람이
데려가려고
안달복달이다.

# 새벽의 소리

달빛이 숨는 새벽
고양이처럼
내리쫓는 소리에

잠깨어 보니
낙엽의 아우성
밤이 남긴 어둠은
채 마르지 않았는데

각색 글자들이
꼬리를 감추고
먼 닭이 고요를 깨운다

어스름에 사각 진
담장 밑의 돌 틈이
아침놀에 눈 뜨면
햇살 한줌 얹어준다.

# 겨울비

무작정 걸어온 길
두고 온 둥지 생각에
떠나기 싫어
품에 파고들던 단풍도

온몸 시린 겨울비에
낙엽이란 이름으로
먼 길 떠나며
마른 목 축인다

겨울치레에
분주해진 발자국 소리
유난히 텀벙대는
추녀에 물장구 소리

가을을 떠밀던
겨울은 어느새
아랫목 이불 밑에
손 넣고 있었다.

# 11월 말일 저녁

멀어져 가는
하늘 저편으로
하루를 모른 체
손 저어 보냈다

내일 또 몇 날이면
남은 달력 한 장으로
나이테 모자를 만들어
기꺼이 쓸 터

문 열어젖히고
울타리 없는 365일에도
차근히 가라앉은 것은
걱정꾸러미 한 단

노적된 기억을
숲처럼 벗기고
고독한 식객 되어
뜬구름이나 좇을까.

# 물들기도 전에

단풍이
들기도 전에
산허리를
흘깃대며

삭연함에
차마 다시
보내기 싫어
애 태우고

아래 위
훑어보다가
창에 턱 고이고
속앓이 하네

고운 살결
보자 곧 빛바램을
미리 염려하여
안타까이.

# 그 소리

고요와 아침의
경계를
사르락거리던
새벽 눈

지나는 바람에
마른 풀의 곡성
그 위에 마지막
눈꽃 피는

나무서리 아래
인적 없는 길에
숨죽인 새의
첫 발자국

여명의
문턱 너머
오는 빛 한줄기에
젖는 눈물.

# 동지섣달

마루턱에 올라
열두 달을 돌아보며
무심한 하늘에
숨을 토하던

사랑의 빚과
고마움의 빚
마음에 쌓인 빚더미
한 짐 지고

힘겹게 올라
마루에 내리고
팥죽 한 사발
떠먹는 동짓날

근심걱정 내려놓고
섬섬한 울 아기
섣달 꽃 보듯
팥죽동옷 입혀준다.

# 다시 1월

서릿발 얹힌 고개 넘자
아버지의 시계가 멈추고
아들딸의 낯선 길이
맨발로 달려 와 눈앞에 선다

언젠가 지난 적 있는
길목의 언저리에 선 사람들
그 길을 첫걸음이라 부르며
오르는 해 보며 환호 한다

땅속에 잠자는 생명의
숨소리가 희미하게 들리고
참새 떼와 까치가 먼저 아는지
새벽부터 소란하다

빈손에 소망을 담아
아픔과 상처를 쓰다듬어
눈인사로 문전 배웅하고
마실 길에 나선다.

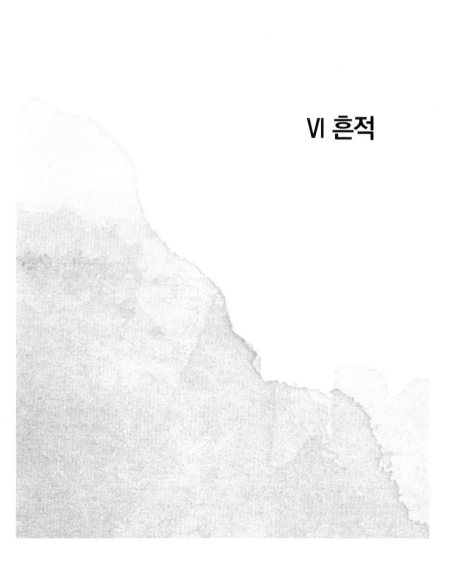

# VI 흔적

# 흔적

새 한 마리
너울대며
세월을
나른다

노인의
뒷걸음질과
흔적은
눈에 묻혀가고

토해 낸
한숨마저
길바람이
훔친다

도닥이는
다듬이 소리가
돌담 틈에
새어나온다.

# 쥐코상

샘처럼 말간 국에
둥둥 떠다니는 허기
뚝뚝 떨어지는 정성을 받쳐
한상 차린 밥상

하늘의 땀으로 맺은
콩이 보리쌀과 나뒹굴며
알알이 톡톡 굴러 와
애간장을 절이던

어쩌다 은빛으로 빛나는
꽁치 한 마리가 뉘이면
늘씬한 자태에 끌린 눈길은
뼛속까지 녹아들었고

그래도 한 톨에 감사하며
흙내 나는 정을 반 톨로 나누던
하루하루는 사정없이
소중한 시간이었지요.

# 홍시

곳간에
넣어 두었던 감
들추었더니
빨갛게 익어
기다리고 있다

손에 올려
가만히 바라보니
홍기를 들고
환하게 웃으시던
아버지가 보인다

추위쯤이야 참고
나눔의 맛과 멋을 알았던
그래서 달맛처럼
야금야금
빨아먹었던.

# 시계

날이 가고
달이 가고
해가 가도
테두리만 돈다

종일 숨차게
달리면
내일이
손짓 한다

만남도
사랑도
이별도
내 안에 있다

1부터 60을
꼽는 동안
어떤 이는 울고
어떤 이는 웃는다.

# 청춘　　　- 떠난 친구를 생각하며-

젊음이 무엇이고
너의 삶은
어디쯤 가고 있는가

돌려도 소리 없는
무성영화 속에
갇혀버린 몸

아직도 네 피는 뜨거운가
축 늘인 어깨
움츠린 가슴에

실바람에도 흔들리는
갈대만도 못한
나의 울보여.

# 시의 꽃

감았다
떴을 뿐인데
문턱을
훌쩍 넘었다

어제가
보이지 않는
오늘의
마당에서

시가 피운
꽃밭에
눈물 한 방울
떨군다

아침부터
빗살구름이
손을 덥썩
잡는다.

# 지난 세월

비우면 고이고
막히면 돌아서
흘러가는
물소리

만지면
손가락 사이로
새어 나가는
바람처럼

풀잎마다
기웃거린
흔적은
뜬구름이었네

걷고 보니
길이어라
지나고 보니
인생이더라.

# 꽃 동냥

눈인사에 핀 꽃
저절로 피어난 들꽃
에워진 순간을
행복이라 여기고
생명에 쏘여
눈 감았던 세월

호주머니 깊이
넣어 두었던 속내를
열린 하늘에
보여 주려도
바람이 외면할 줄
알고 있었으니

한 잎씩 지던 날
끝내 어여쁜
차림새로 내려와
스민 흔적은
아쉬움에 젖고
빈 가지도 물들었다.

# 슬픈 우크라이나

봄은 오는데
베개 밑이 젖고
머리맡이 아파도
쌍꺼풀눈 감긴 채
목덜미 잡은
억센 팔뚝이
꿈을 닫는다

꿀 흐르던
고요한 땅에
꽃 때 기다리던
아기가 운다
심장에서
핏줄로 지은 옷은
벌겋게 물들어도

단추는 잠기고
장막 속에 아물거린다
이럴 땐 누구라도

흔들어 주었으면
할수록
허당에 발이 풀린다.

# 신문

귀 소문에
벌쭉했던
재 너머 소식이
날아든다

뒤적이며
아무리 살펴도
꽃소식
웃음소리 없어

자자이 가득한
아픔과 설움
세간의 번뇌와
힘진 삶의 하소연을

대청마루 아래
고이 사른다
가는 길에 들썩이며
어깨춤 춘다.

# 할미꽃

양지 바른 무덤가
미어지는 솜 가슴 숨
한 소끔에

파파할멈
성성한 백발 이고
고부장히 가누며

가슴에 들붙어
눈에 박힌
손주 보러 오셨네.

# 떠나는 넋

승강이 하던
어둠이 부풀어
눈다심 하던
꺼풀을 덮어 오면

뻐근한 설움에
가슴 들썩이는
두꺼비처럼
끔벅이다가

들바람에
시치미 떼고
처연하게 떠나버린
한 숨이여

파닥거리며
지는 입술에
애먼 바람 탓하며
꽃가지 잡는다.

# 가시는 님

꽃이 집니다
푸른 세상
멈춘 하늘길에
나그네처럼

볼웃음 지으며
주름치마 저고리
땅에 묻고
얼굴을 포개어

구름 보며
나비춤을 춥니다
사랑에 겨운
몸짓으로

벗고 떠나는
가여운 넋은
그 길마저
꽃길이었지요.

# 기운 사랑

구름도 저무는
황혼이 오면
하루가 서럽다
시울 붉히고

흐르는 나그네는
아득할수록
애수의 그늘에
시름하여라

배냇솜
깃털 뿌린 철새도
둥지를 맴돌다
가는데

가슴 떠난
사랑은
지워진 세월처럼
잡지 못하네.

# 철 지난 꽃

학교 종이 울린 뒤
고개 내미는
지각쟁이의
평화처럼

실바람 타고
시부적대다가
꽃 때 지난
한 송이

어슬렁 걸어 와
발돋움질 하여
늦깎이라도
철이 든다면

우세스레 피어도
급할 것이 없다면
가는 세월이야
탓할 리 없겠지요.

# 꽃시계

눈가에 떠도는
아쉬움이
낱장 구름처럼
비껴가면

시계바늘 따라
그리움이 고인
발자국을 지워가며
원을 걷다가

잔여 시간이
꽃시계에 앉을 때
삶의 토막은
겨우 여무는데

그 꽃마저 지면
향기에 어루숭어루숭한
꽃 그림자 되어
한없이 맴돈다.

# 노안

아이가 속여도
한눈에 안다
손바닥도 안다

이상하게도
보이지 않던 것들이
점점 잘 보인다

마음에도
눈이 달리고
마음귀가 열린다

사랑이 보이고
뒤에서도 사람의
결이 보인다.

# 꽃차를 마시며

꽃을 녹여
사계를 본다
눈 띄워
향기에 절이고

수정의 속살 같은
풋사랑의 순결에
조심조심
첫눈을 보듯

찻잔을 들면
여린 꽃잎은
노리개처럼
흔들리며

할퀸 마음은
녹아내리고
타는 입술은
어눌해진다.

# 몽환적인 색채와 시적 상상력의 확장
## – 송원영 시인의 시적 교감과 감성의 동질성

엄창섭

(가톨릭관동대 명예교수, 아시아문예 고문)

### 1. 비논리의 세계와 몽환적인 색채감

특히 그 어느 시간대보다 각별한 배려와 분별력에 맞물린 공동체 의식이 절실히 요청되기에 「몽환적인 색채와 시적 상상력의 확장-송원영 시인의 시적 교감과 감성의 동질성」을 전제한 깊은 사유의 정신적 결과의 검증은 그만의 당위성을 지닌다. 까닭에 다양한 측면의 양상에서 추상화의 선구자인 러시아의 화가 바실리 칸딘스키(Wassily Kandinsky)가 초 장르적으로 회화를 음악과 결부시켜 "영혼은 수많은 현을 가진 피아노, 화가는 피아노를 연주하면서 영혼을 울리는 손이다."를 역설한 동일화 관점에서 화자인 그 자신의 시편에서 몽환적인 색채와 또 한순간 아름다운 선율을 감지하고 있음은 더없이 의미심장하다.

모름지기 소망의 새해 벽두(劈頭)에 대전 유성구 출생으로 『아시아문예』신인상을 수상한 송원영 시인이 그 나름의 고뇌 끝에 첫 시집으로 『빛에 겨운 그림자』(아시아문예, 2023)를 간행한다. 일단 시집의 자서격(自序格)인 「시인의 말」에서 "가진 것을 하나씩 깨뜨려 봅니다. 버릴 것도 비울 것도 없는 하찮은 몸이기에 잘 깨지고 부서지는 것인지 모릅니다. 혹여 누군가 지나던 걸음을 글귀 앞에 멈추신다면 감히 저의 생각을 드리고 싶습니다."라는 그만의 합리적 해법도 유의미하나 그의 서시(序詩) 〈빛에 겨운 그림자〉가 한층 더 그 존재감의 매혹을 확증할 따름이다.

빛에 겨워/노안에/눈가리개를 하고/눈 감아도//
깃처럼/너울대는/꽃잎이 보인다/사랑이다//
이마저/언젠가는/벗어야 할/그림자//
다시 감으니/땅이 꿈틀거린다/한 걱정에/
발을 떼지 못한다.//

　　　　　　　　　　　　　-〈빛에 겨운 그림자〉 전문

위에 인용한 시편인 〈빛에 겨운 그림자〉에서 일단 개념상 '빛과 그림자'는 긍정과 부정 즉 대치의 관계이다. 까닭에 빛은 미래의 희망이며 신비성을 지니며 상상을 초월하는 뉴토피아 같은 이상의 세계를 뜻하며, 이와는 대조적으로 그림자는 암담한 세계, 분노와 공포, 또는 우울한 일상의 현실을 의미하기에 충직한 독자라면 시집을 펴들고 행복한 시 감상에 앞서 햇살 반짝이는 아침 창가에서 짐짓 호흡을 가다듬고 한 번쯤은 묵언의 응시로 관조(觀照)할 일이다.

이 같은 맥락에서 철저하게 시의 본질인 서정성의 골격을 견고하게 지켜내며 단조로운 일체감으로 비교적 시집의 편집 구성은 「Ⅰ 여로(22편), Ⅱ 고향(20편), Ⅲ 눈길(20편), Ⅳ 그리움(20편), Ⅴ 마디(22편), Ⅵ 흔적(18편)」 각각 6부(122편)로 결(結) 고운 직물처럼 구도적으로 처리되고 있다. 까닭에 지나친 언희(pun)와 현란한 모자이크로 미적 퇴행을 거듭하는 답답한 우리 시단에 신선한 활력으로 막힌 숨통을 충동적으로 열어 보인 시 형식에 수용된 시편은 눈부신 서정성이 빛난다.

어디까지나 한겨울 혹한으로 얼어버린 정신기후마저 따뜻하게 조성시켜줌도 그렇지만 아직은 절망의 끝이 보이지 않는 조국의 사회현상은 못내 암울한 현상이다. 그렇다. 짐짓 '이미 죽어간 이들이 그토록 갈망했던 미래의 시간인 오늘'을 살아가는 우리는 인류에 대한 사랑을 회복하지 않으면, 눈부신 꿈과 이상은 재현될 수 없다. 차제에 그 자신이 자존감을 지닌 진정한 정신작업의 종사자로서 변화발전의 지평을 열어 마침내 불안한 삶도 새로운 행복감으로 충족시켜 빛나게 할 시적 매혹과 친숙함은 독자의 가슴에 와 닿는 진정한 삶의 교시(教示)다. 비교적 지상에 나직하게 갈 앉은 단조로운 호흡으로 읊조려 놓은 "보이다 말다 하는/숨은 별처럼 나타나/더러는 잠 못 들게/어깨 흔들어 깨워도/스스로 외로워질 때(그리움 한 조각)"의 보기에서나 또는 "천리 길인가/돌아보니/저만치인데/오며 가며/흙장난이나 할 것을.(뒤안길)" 이 또한 잠시 호흡을 가다듬고 묵언으로 응시하며 관망할 일이다.

또 한편 명상호흡에 익숙한 그 자신의 일관성을 유지한 대다수 시편에서 감지되는 점은 자연의 이치에 거슬림 없이 운명을 수락하는 기본 틀 위에서 비롯된 내면적 성찰을 나직한 육성으로 절절하게 엮어낸 단조로운 정감(情感)의 울림이다. 여기서 인생의 본질이 공수래공수거(空手來空手去)임을 새삼 스키마(schema)로 떠올리지 않아도 끝내는 '여전히 빈손'인 까닭에 "눈길조차 외면한/주름결 따라/남아 흐르는 온기/너에게 건넨다.(빈손)"를 통해 새삼 느꺼움이 주어진다.

차제에 자연의 순리를 스스럼없이 수긍한 그 자신의 담백한 시격은 아름다운 삶의 잠언인 방하착(放下著)에 맞물려 "살을 에는/비움과 버림은/순한 자리가 남는다//투박하여도/사랑의 미소와/빛의 눈물이/고이면(빈 그릇)"의 빛나는 존재감은 매우 뜻깊다. 한편 격조(格調)를 지닌 정신작업의 종사자로서 응당 세계고(世界苦)를 지혜롭게 감당하여야 한다. 까닭에 행간의 틈새를 비집고 좁

혀나가는데 일관성을 지니고 전념할 그 자신은 '작은 신의 대행자로 그 소임'을 엄숙한 삶의 일상에서 끊임없이 지켜내야 한다. 아울러 즉물적 대상은 지대한 관심사에 해당하기에 홀로 성찰하고 시각화하는 시적 행위 또한 '사랑의 미소와 빛의 눈물이 고이면' 피 멍든 손으로 운명의 끈 움켜잡는 그 소중한 인자(凷子)로 가늠될 따름이다.

## 2. 합리적 추이(推移)와 자아의 순수성

보편적으로 절제된 감정의 대비(對比)에 의한 시적의미망이 가끔은 애매한 모순의 상충으로도 그 당위성을 지닐 것이나 엘리엇(T.S. Eliot)이 자신의 대표시 〈황무지(荒蕪地)〉에서 "추억과 욕정을 뒤섞고/잠든 뿌리를 봄비로 깨운다.(죽은 자의 매장)"의 보기처럼 이와 같은 맥락에서 최소한 정신작업의 종사자라면 몸담은 시간대와 처소에 관심을 지닐 일이다. 또 그 자신이 "그물어지는/슬픈 잔영은/결 고운 님의/뒷모습//시선은 강심의/웃음소리 따라/갈대처럼/스적거리고.(대청호의 밤)"의 일면(一面)도 그렇지만 '그저 이른 새벽 먼 길에 다리 풀려도' 저토록 "구부리면 닿을 듯/내다뵈는 마을이/혼곤히 앉아있는/되밟아 보고픈 길.(텃골 마루 길)"도 마침내 "새콤한 풍경을/질박한 손으로/봄갈이하며/뚝배기 삶을/그립니다(밭떼기 연가)"와 같이 무채색의 정신풍경화는 '밭떼기 연가'

로 변주되어 서정성의 감미로움을 '교교한 달빛 아래 아득한 엄니 손맛이 배어 있는' 메르헨(Märchen)적인 아득한 유년의 꿈이 자리한 〈고향은 지금〉에서와 같이 거듭 신선한 충격을 안겨준다.

모름지기 언어공해가 심각한 일상에서 피폐된 영혼의 정화를 위해 푸른 생명의 언어로 고뇌의 밤을 지새우다 평자와 화자가 『아시아문예』지로 서로간의 연(緣)이 맺어진 각별한 만남은 더없이 소중하기에, 내면 인식의 형상화를 즐기는 담백한 시격을 소유한 그 자신이 차분한 육성과 느낌으로 따뜻한 감성을 일깨워주려는 삶의 자세는 버겁다. 무엇보다 '이 지상에서 가장 위대한 이름, 어머니'를 떠올리며 "비 가림 초막의/가마솥 곁에서/오도카니 김 올리던/미소 패인 얼굴(20세기의 어머니)"을 가늠하면 '존재의 집'인 가정을 기본 틀로 혈육의 관계 층위를 소중하게 의식하는 그 자신이 가슴에 자화상처럼 소중하게 삶의 일상에서 잊지 않고 심장에 간직한 대상은 가장인 부친에 대한 심회(心懷)는 지대한 관심사이기에 지켜볼 일이다.

뒷짐을 지고/어정어정/그분을 따라가며/
생각에 잠긴다//
이렇게 걸으며/무슨 생각 하셨을까/산 같은 걱정에/

허리나 펴고 가셨는지//

생각의 잔해가/끝없이 이어진/어스레한 둑방길로/

발길을 옮기며//

길에서 헤어진/자상하시던/따뜻한 가슴을/

만져본다.//

-〈아버지 그림자〉 전문

위에 인용한 그 자신의 시편 〈아버지 그림자〉에서 그 시적 모티브는 끝내 비장감이 묻어나 울컥 억장이 내려앉는 그 같은 느꺼움은 새삼 가슴에 저며올 것이다. 아울러 '평생을 존재의 뿌리인 가정을 지켜내기 위하여 인고의 세월 속에서도 눈물을 감춘 내 아버지!' 하여 그 자신은 자상하신 따뜻한 가슴을 만져볼 따름이다.

차제에 또 한편 점차 숲이 잘려나가 황폐화가 되어 새의 울음도 사라지는 사회현상을 소홀하게 지나치지 아니한 그 자신이 "오는 소식/맞아/가을 타는/소녀처럼//고독은/비를 타고/숲에 내려/살점을 뗀다.(앓는 숲)"에서나 "향기에 젖은/오척단신/물신선조차/기쁨이 엉기어//빨갛게 울다 물든/고추잠자리로/하늘마당을/오르내렸네.(국화에 흘기워)"에서 다시 확증되듯 식물성 언어로 상처받은 영혼을 치유하려는 따뜻한 감성도 새삼 경이롭지만 '봄을 잡으려는 하얀 〈목련〉은 물론이고 〈꽃바라기〉

도 그렇지만 '어둠에 놓고 온 제 그림자 찾는' 〈푸른 낮달〉도 예외는 아니다.

　그와 같은 다양한 모순 형용의 일례를 간혹 가늠할지라도 주의 깊게 그 자신이 의도하고 추구한 역설은 슬로베니아의 철학자 슬라보이 지제크(Slavoj Zizek)식 발상인 "아름다운 역설(Beautiful Irony)"에도 짐짓 결부된다. 가끔은 우리가 숨을 고르고 손금을 보듯이 시집 목차의 「Ⅳ. 그리움」에서 '자유로운 바람의 영혼'을 시적 이미지로 형사(形似)한 "실려 간 뒷모습이/보일 때만 하여도/그만하였건만/귓속말도 없는 적막이/이처럼 아플 줄이야(바람의 흔적)"의 차별화도 지켜볼 문제이지만 일체유심조(一切唯心造)의 그 같은 심리적 발현(發現)으로 하여 순결한 영혼의 징표를 눈부시게 발화(發花)시킨 "산사 도량/노승의 염불에/한 치씩/쌓이는 눈//하늘이/알아/내리는/눈 손님(산사의 눈)"은 순결한 영혼의 표징으로 아득하여 경이롭다.

　그렇다. 그 자신의 시편에서 계절(봄)의 개념은 '순결한 영혼의 상징인 중독된 쓸쓸에 흰 꽃(雪)의 생리'를 깨우침에 기인한 묵언의 응시로 해명할 수 있다. 따라서 모처럼 다양하게 처리한 시 형식의 특이성은 응당 지켜볼 또 하나의 유의미한 관심사(關心事)이다. 각론하고 '무성할수록 짙어가는 제 그늘' 일지라도 "술래로 태어난/첫째 아이는/그림자밟기를 하는/노예였지만(실루엣)"이나 또는 "부치고/기다리던/답이 오며는/자자이 묻어난/첫소리는/별이 되었다.(그날의 편지)"와 같이 일관되게 감정을 절제하고 비교적 단시 형식을 지켜내며 '하늘엔 별, 지상에는 꽃, 그리고 마음에는 시(詩)'라는 연계 층위를 가늠할 수 있기에 더없이 유념할 일이다.

　모름지기 생명의 계절인 봄날의 몽환(夢幻)처럼 때로는 투명한 봄 햇살에 "봉한 입술 열고/하롱대는 낮을/숨죽이고 보다가/새살거림에 그만/바람 들고 말았네.(춘분날에)"에서 새삼 입증되듯 감각적 기법을 작동시킨 뒤, 끝내 오감을 자극하여 "쌔근대는/실바람이/볼때기에 앉아/할딱거린다.(주르륵 봄)"에서 확증되는 생명감은 더없이 역동적이다. 까닭에 그 자신의 대다수 시편에서 확증되는 시적 분위기는 그리움과 기다림이라는 '느림의 미학'과 불가분 연계성은 활유법을 자연스럽게 활용하여 '할딱거리는 봄'과 이처럼 맞물려 있기에 더없이 유의미할 따름이다.

　까닭에 그 자신의 시대적 소임을 새삼 강조하여 술회(述懷)하지 않더라도, 최소한의 품격을 지닌 시인이라면 혼돈과 비정한 사회에 몸담으며 다툼과 좌절을 제조하는 언어의 횡포를 삼가야 할 것이다. 무엇보다 다행스러운 것은 그 자신이 분망(奔忙)한 일상에서도 시적 공간 만들기를 위해 몰두하는 적극적인 자세를 보여주고 있다. 그렇다. 자연의 섭리를 거스르지 아니한 세월의 흐름은 강물처럼 덧없이 흘러가는 것이 아니라 의미와 가치로 채워가는 것이다. 또 하나 흔히 처서(處暑)는 '땅에서는 귀뚜라미 등에 업혀 오고, 하늘에서는 뭉게구름 타고 온다.'라는 입추(立秋)와 백로(白露) 사이에 해당하는 24절기 중 14번째다. 그 자신이 "여치가 물고 온/내일의 엽서에/누님의 정미가/채곡이 담겨있다.(처서 날 저녁에)"에서 소소한 삶의 일상도 다정다감하지만 '나무 빗장을 열고 있었다.'라는 그 〈겨울 건널목〉에 때로는 예기치 않게 〈거미줄에 걸린 은행잎〉이 '안달복달일지라도' 또 그렇게 '아침놀에 눈 뜨면 햇살 한 줌 얹어주는' 조화로운 자연의 순리는 이처럼 다채로울 따름이다.

어디까지나 송원영 시인이 짧은 시력(詩歷)에 견주어 인생의 황혼기에 스스럼없이 몸담으며 동시대의 그 누구보다 시작 활동에 열중하는 양상은 더없이 자랑스러워 믿음이 주어진다. 까닭에 푸른 생명의 언어로 우리의 삶을 빛나게 하고 풀꽃 향내의 식물성 언어로 긴장과 증오심을 풀어주어 공동의 세계가 무너진 이 불신의 시대를 한순간 신뢰의 세계로 전환(轉換)시키는 행위를 줄기차게 반복하고 있음은 지극히 수긍할 바다. 이 같은 시적 행위와 꼬인 전통의 실타래를 풀어주는 해법은 "낱말에 대한 희열"을 통한 언어적 반응과 충격적으로 삶의 일상에서 감동을 회복시켜줄 질료로 전이(轉移)되는 정황이다.

## 3. 따뜻한 서정성의 파동과 엄숙한 생명외경

모름지기 사회·심리·음악학 등에 걸쳐 해박한 지성으로 비판이론을 주창하며, 미학의 발전을 역사 진화와 진리추구의 중요한 요소임을 역설한 아도르노(Adorno, Theodor Wiesengrund)는 시의 본질인 서정시의 죽음을 선언했지만, 시 의미의 질과는 상이하게도 양적 진화라는 측면에서 서정시는 여전히 시의 본질에 해당한다. 비록 개인사에 해당하지만, 송원영 시인이 다소 뒤늦은 황혼의 인생길에 정성껏 지상에 갈 앉은 낮은 음조로 윤무(輪舞)하며 모처럼 묶어낸 시집 『빛에 겨운 그림자』는 다소 유한적이고 허망한 삶의 일상에서도 감동의 회복과 상처 깊은 영혼치유에 맞물려 있기에 그 역동성이 한층 빛난다. 어디까지나 인간은 자기 흔적을 남기는 존재이기에 「전도서」의 '헛되고 헛되다.'라는 그 가르침은 '무념, 무상'의 합리성이 주어지기에 더없이 유념할 따름이다.

그 같은 일면에서 비록 '꽃은 비에 젖지만 꽃의 향기는 비에 젖지 아니하듯' 대조적으로 그 자신의 시적 정조(情調)는 놀랍게도 "만남도/사랑도/이별도/내 안에 있다//1부터 60을/꼽는 동안/어떤 이는 울고/어떤 이는 웃는다.

(시계)"의 보기도 그렇지만 "시가 피운/꽃밭에/눈물 한 방울/떨군다//아침부터/빗살구름이/손을 덥썩/잡는다.(시의 꽃)"을 통해 '표면장력의 강한 이미지는 풍부한 서정성과 시적 인식의 치밀한 탐색으로 외부세계를 응시하는 시선이 따뜻한 감성과 지극선(至極善)에 의해 '시가 피운 꽃밭에 눈물 한 방울 떨구는' 심리적 현상에서 눈물샘을 자극하는 시미(詩味)가 묻어나 끝내 황홀한 전율을 충격적으로 안겨줄 따름이다.

차제에 시적 상상의 자유로운 교감을 거쳐 빚어낸 그 자신의 또 다른 시편인 "파닥거리며/지는 입술에/애먼 바람 탓하며/꽃가지 잡는다.(떠나는 넋)"의 예시처럼 안식할 처소가 없어 방황하는 상처 입은 영혼에게 '존재의 뿌리'인 가정(home)이라는 엄숙한 현상 앞에서 신선한 감동을 안겨줄 것이다. 아울러 한 편의 시는 상상과 감정을 통한 생명의 재해석인 연유로, 현대인의 존재론적 불안 심리는 특정한 시인의 정신적 생산물의 형성과정에 있어 내면 인식과 결부된 시적 응시에는 일체의 거부감이 없다. 따라서 전체적으로 합리적 해법이 주어지듯이 그 자신이 호흡하는 삶의 처소에서 '온전한 기원과 느낌, 그리고 체취'는 응당 정신작업의 종사자로서 응당 감당해야 할 느림의 미학이며, 생명의 기표임에 틀림이 없다. 이 같은 연유로 마침내 그 자신의 시편인 〈떠나는 넋〉 또한 '처연하게 떠나버린 한숨'에 못내 비장감이 묻어나는 정감이기에 측은지심(惻隱之心)일 따름이다.

어디까지나 객관화된 고정체를 소통의 도구인 기능주의의 매체로 자유롭게 삼아 교신하는 시적 형상화는 행복한 언어의 집짓기로 해명된다. 또 하나 21세기의 화두인 '공동체 인식(inter-being)'에서 비롯된 지극히 건강하고 생산적인 비판 정신에 의한 발상의 전환이 새삼 요청되는 불가피한 현상에서 '존재의 정체성과 서정시학의 특이성'에 관한 논의는 최소한 생명의 기표인 언어에 의한 분별력이 주어져야 한다. 그 같은 일면은 '과거는 역사요, 미래는 꿈이요, 현재는 선물'에 맞물린 관계로 그 자신의 또 다른 시편인 "찻잔을 들면/여린 꽃잎은/노리개처럼/흔들리며//할퀸 마음은/녹아내리고/타는 입술은/어눌해 진다.(꽃차를 마시며)"와 같이 '꽃차를 마시는' 그 여유로움에 시적 해법의 당위성이 주어지기에 한 사람의 특정한 시인에게 「따뜻한 서정성의 파동과 엄숙한 생명외경」에 관한 심층적 논의는 독자적 시 의미를 뜻하기에 창조적 영혼은 그 차별성이 자못 이채롭다.

결론적으로 '최소한 한 사람의 작은 신의 대행자'라면 응당 그 자신은 시대적 소임과 역할을 충직하게 수행하여야 한다. 그뿐 아니라 비록 개념도 불투명한 이념의 대립과 갈등으로 절망의 끝이 불투명한 삶의 현실에서 타자

간의 깊은 영혼의 상처를 다독이되 자연의 순리에 거역함 없이 모성의 지극함을 적극적으로 풀어갈 일이다. 차제에 그 자신만의 차별성과 식별력을 수용한 시 세계의 정체성 확장은 물론 감성적 육성과 체취를 결부시켜 마침내 혈흔 같은 시적 감응과 일체감을 창조적 행위로 빚어내야 한다. 모쪼록 맑은 영혼의 소유자인 송원영 시인의 시집해설을 갈음하며 평자의 각별한 기대감은 '영성의 신비로움 또한 확증하는 극소수의 창조자'로서 시대적 소임을 온전히 수행하리라는 확신 뒤의 절대적 믿음이다.

송원영 시집

# 빛에 겨운 그림자

초판1쇄 인쇄일  2023년 1월 27일
초판1쇄 발행일  2023년 1월 27일

**지은이** _ 송 원 영
**펴낸이** _ 송 병 훈
**디자인** _ (주)엘컴기획
**펴낸곳** _ 사단법인 푸른세상
**출판등록** _ 제321-2011-000234호

**주소** _ 서울시 서초구 서초대로 77길 45, (실버빌딩) 806호
**전화** _ 02. 785. 4155
**팩스** _ 02. 783. 6564
**이메일** _ asiamy@hanmail.net

값 12,000원
ISBN  979-11-87783-16-9(03800)